有什麼比看著動物睡覺的樣子，更讓人感到平靜呢？
我希望讀者感受到畫中這些動物的呼吸、想要接近牠們柔軟的羽毛和絨毛。
邀請孩子們，一起分享生活中的溫柔時刻。

—— 伊莎貝拉・西穆勒

U0031507

獻給甜美可愛的夢想家

瑪德蓮

　　　　奧古斯丁
羅賓森

　　　瑪莉露

塞謬

　　歐蕾莉

　亞奇

　　亞歷山大

獻給甜美可愛的夢想家

夢境
DOUX
RÊVEURS

Isabelle Simler

《紐約時報》年度十大
最佳圖畫書作者
伊莎貝拉・西穆勒

樹懶像是一張吊床，懸掛枝上進入夢鄉。

牠夢見自己是賽車手，
瞬間起步像彈簧彈射，
風馳電掣像動力火箭，
比賽的碼表開始計時囉，
這位好夢正酣的賽車手，
連眼皮都沒有眨一下呢。

成群的浮游生物相伴，
鯨魚急於入睡。
這位海中的明星舞者，
踮起腳尖，一個跳躍，
牠讓身體垂直，
漂浮進入夢中。

在等待春天的時候，
知更鳥蜷縮成一團毛球入夢，
把冰冷的鳥喙，深深埋入脖子上的鮮紅羽毛裡，
在夢中，牠回味著藍莓、醋栗和酸櫻桃的滋味。

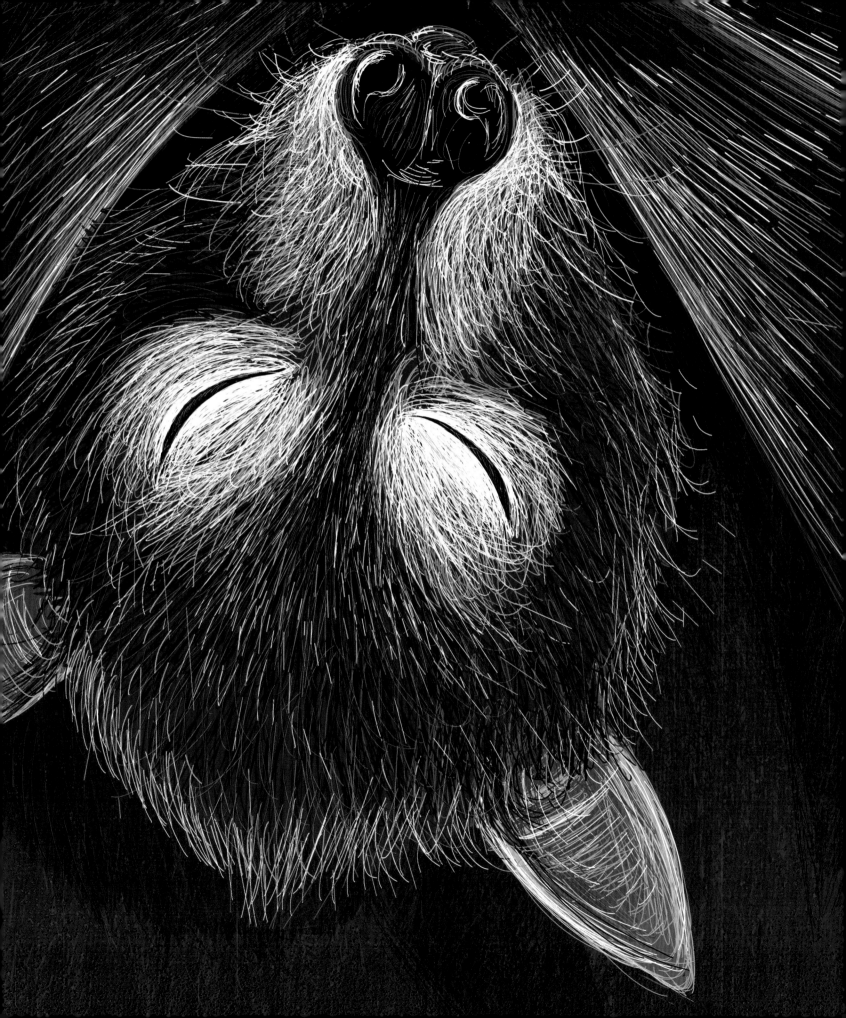

蝙蝠的腳趾緊勾著洞頂，
像風箏般的翅翼，摺疊覆蓋著身軀。
蝙蝠頭下腳上，倒掛著進入夢鄉。
陽光燦爛的白晝，牠們卻隱身黑暗。

刺蝟在隱蔽的地方安心睡覺，
用枯葉做被子，蓋在滿是尖刺的身上。
牠把身體蜷成一個球，
準備進入長長的冬眠。

乘著氣流，
燕子在展翅飛翔中，進入夢鄉。
羽毛迎著風，
鳥喙迎著風，
享受輕盈飄飛的小眠。

蝦群現身了，白絲緞似的水面泛起點點紅光。
火鶴優雅的把頭滑入羽毛裡，
一會兒便進入了粉紅色的夢境。

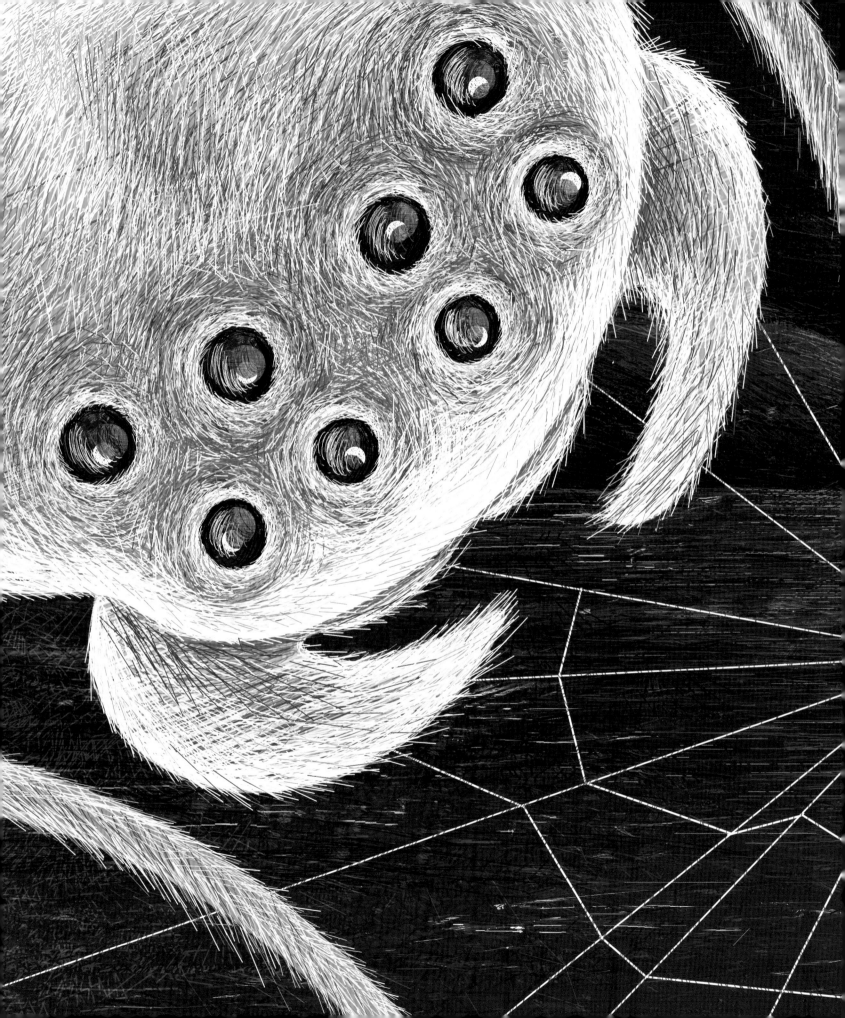

睡前踮起八隻腳來欣賞夜色，
蜘蛛的眼中閃爍著八顆月亮。
蕾絲花網編織完成，
蜘蛛懸掛在一條細絲上，睡了。

在潺潺小溪底，
牠靜靜的、慢慢的，
讓腳蹼深深陷進淤泥裡。
青蛙沉浸在泥沙裡，進入夢鄉。

螞蟻很勤勞，
不多睡，只打盹，
每天幾百次，打個小盹，累積睡眠。
牠們在蟻窩裡睡著了，
夢中的自己，
還在那一個個小黑點的隊伍中排著隊呢。

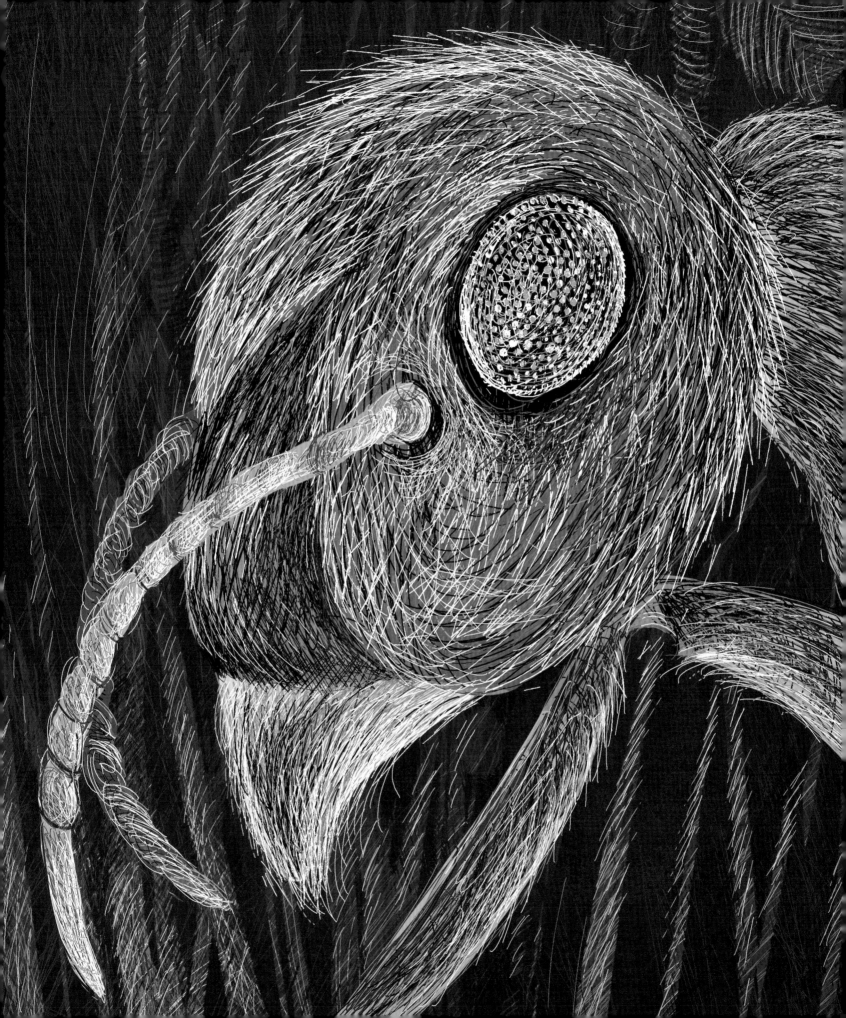

蝸牛有個溫暖的殼，
牠會順著螺旋方向縮進殼裡，
一直縮進牠殼底的床。
蝸牛以螺旋狀的睡姿入夢了。

貓兒蜷伏著身軀酣睡。
葉子隨風窸窣窸窣，吵得貓耳微微抖動。
鳥兒不安分的拍翅，惹得貓嘴輕輕抽動。
然後，牠又呼嚕呼嚕再度沉睡了。

牠什麼都不怕，
飽餐之後，
獅子心滿意足，平靜的進入夢鄉。

沉睡的大象，像一塊花崗岩那樣穩固。
牠的長鼻垂放，
腳掌穩穩站立。
這隻巨獸放鬆入睡，
像是深深扎根那樣，沉沉的睡了。

長長睫毛下，
長頸鹿以柔軟的姿態進入睡夢。
高個兒避開樹梢，
柔軟的盤著身體，
來一小段淺淺的睡眠。

無尾熊在葉子搭的帳篷下入睡。
圓圓的肚子貼著清涼的樹皮，
穿著銀閃閃的絨毛睡衣，擁抱著尤加利樹。

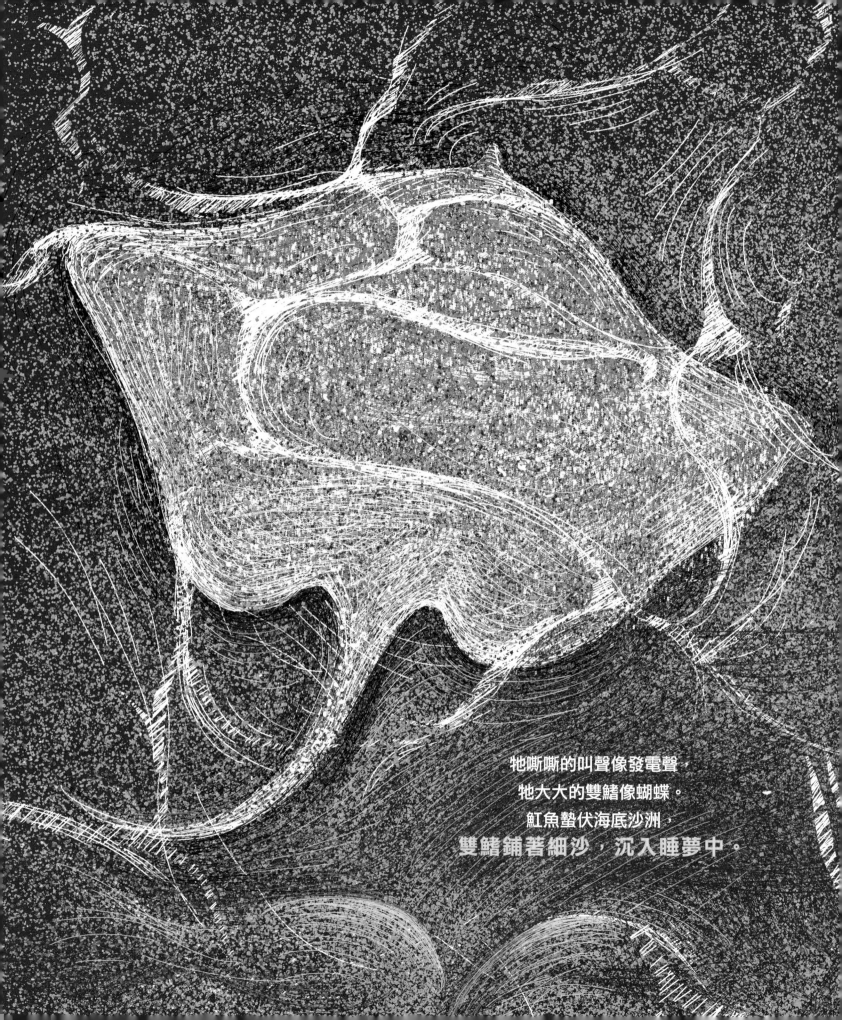

牠嘶嘶的叫聲像發電聲，
牠大大的雙鰭像蝴蝶。
魟魚蟄伏海底沙洲，
雙鰭鋪著細沙，沉入睡夢中。

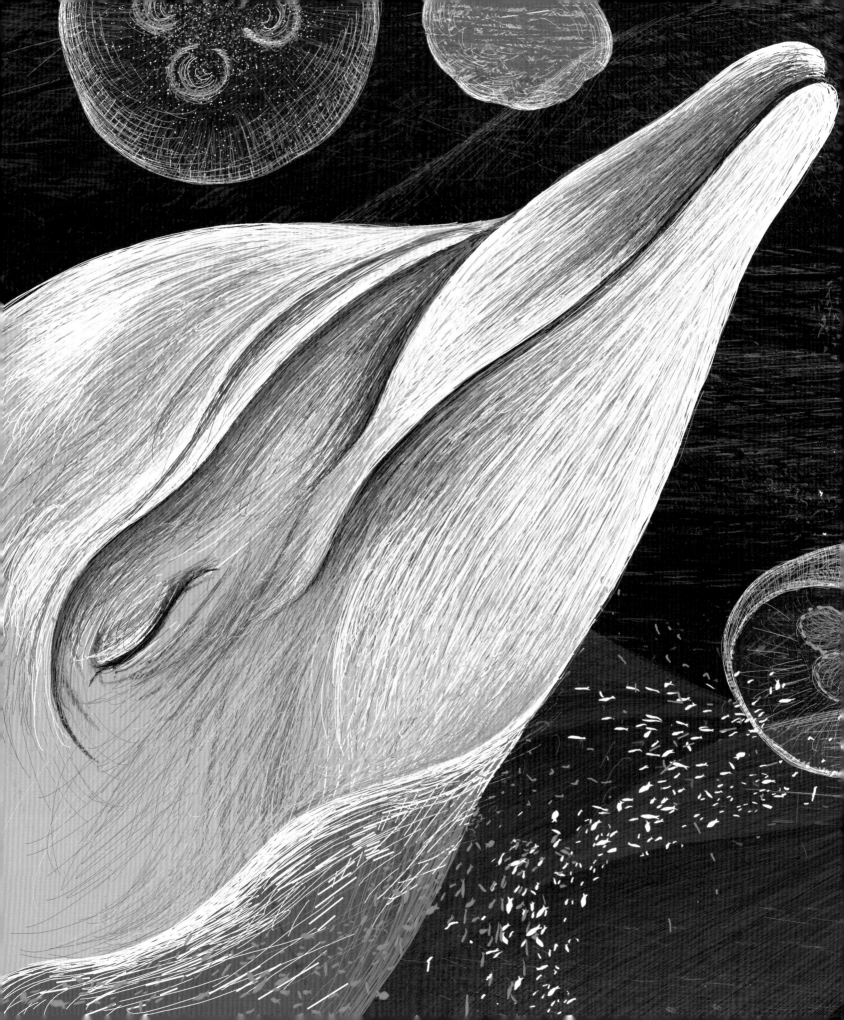

睜一隻眼，閉一隻眼，
海豚半夢半醒。
在水母群中，
一邊冥想，一邊游泳，
雙鰭拍打出水花。

牠緊緊纏住一根海草,
任由身體隨波擺動,
像是坐著旋轉木馬,
海馬在夢裡奔馳。

牠棲身海中岩石上，
模仿岩石的顏色，
像石頭般靜靜不動的睡著，
章魚變色偽裝，隱身作著美夢。

在一棵巨大的橡樹下，
在一片舒爽的草皮上，
沒穿睡衣，沒穿毛襪，
閉起銳利的雙眼，
野狼在森林裡，作著美夢。

在這一片廣大白色的被單之下，
在細羽做成的窩巢裡，
牠鼓脹起全身的絨羽。
松雞在雪地裡入夢，
度過一個隱密的夜晚。

松鼠在樹洞中墜入夢境。
在牠那有羽毛和青苔的窩裡，
把頭埋在尾巴裡睡覺，
夢裡數著一顆顆榛果。

兔子在洞穴裡蹦蹦跳，
然後消失在地底迷宮中。
原來牠躲進自己挖出的洞室裡，
在草皮下沉沉入睡了。

喜歡和群體在一起，
馬兒站著進入睡夢。
牠的四隻馬蹄牢牢定住，
卻在夢中逍遙奔馳。

樹樁下，露出四隻腳蹄子，
獠牙間，呼出一股股熱氣，
鼻嘴貼在蕨草上，
野豬在荊棘叢中進入夢鄉。

高高青草間，
螢火蟲發出閃閃亮光進入睡夢。
像星星般閃爍的小甲蟲，
在深夜裡穿梭。

他爬上鯨魚背，
跨騎海馬，
依偎著大象，
站在燕子身上飛行；
每天晚上依偎著他的無尾熊。
孩子在月光下進入夢鄉。